Quelle
*horreur !*

Pour la vraie Paty,
ma plus grande artiste.

Claire Lebourg

# Quelle
# *horreur !*

l'école des loisirs
11, rue de Sèvres, Paris 6ᵉ

Lundi, Paty se réveilla en sursaut.

— Mon exposition ! s'écria-t-elle, paniquée.
Le vernissage a lieu jeudi soir, il ne me reste
que trois jours pour tout préparer…
Et rien n'est prêt, tout est à faire,
réalisa-t-elle avec angoisse.
Elle appela sur-le-champ son amie Isabelle
pour lui demander de poser.

— C'est une question de vie ou de mort, Isa !
insista-t-elle.

Mais Isabelle n'avait pas besoin de se faire prier :
elle avait toujours rêvé d'être modèle.
Paty trempa son meilleur pinceau dans l'aquarelle
la plus fine et peignit avec application.

Après des heures de travail, Isabelle regarda
longuement la toile.

— C'est moi, ce gros pâté violet ? lâcha-t-elle
enfin, pas convaincue.

— Ça ne te plaît pas ? demanda Paty, dépitée.

— Bof.

Mardi, Pierre vint bien volontiers
prendre la pose dans l'atelier de Paty.
Avec application, elle découpa de petits
morceaux de papiers colorés,
qu'elle assembla et colla avec soin.

Pendant des heures.

Si Paty était relativement satisfaite du résultat,
Pierre, lui, n'eut pas l'air conquis.

— Si j'avais su que tu me voyais comme un vulgaire boyau poilu,
je n'aurais pas perdu mon après-midi ici ! déclara-t-il, furieux.

Le mercredi, Mona se plia de bonne grâce à l'exercice.
Dans un silence de plomb, Paty plongea sa plume dans
l'encre et gratta le papier nerveusement.
Quand, impatiente, Mona se leva pour voir le résultat…

— *Oh my God...* c'est tellement laid !
s'époumona-t-elle. C'est atroce, c'est...
UNE VRAIE BOUSE !

— C'est ÇA que je voulais ! ajouta-t-elle, furieuse,
avant de quitter l'atelier en claquant la porte.

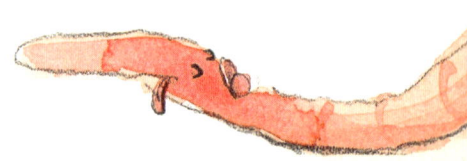

Le lendemain, jour de l'exposition,
Paty songea à tout annuler.
À quoi bon faire une exposition
si personne n'aime mon travail ?
pensa-t-elle.
Mais Michou, le galeriste,
ainsi que les transporteurs venaient
d'arriver, c'était trop tard.

Et si tu faisais un portrait
comme Paty?
Dessine directement dans le cadre
ou colle ton œuvre dessus.

À toi l'artiste!

Un immense merci à Louise
et Lucien Longue Épée
pour leurs magnifiques dessins
présents dans ce livre.

© 2018, l'école des loisirs, Paris
Loi numéro 49956 du 16 juillet 1949 sur les publications
destinées à la jeunesse : septembre 2018
Dépôt légal : septembre 2018
Imprimé en France par Pollina à Luçon - 85423
ISBN 978-2-211-23703-1